KB164393

편지의 시대

편지의 시대

창비

차례

먼 곳

당신에게 엽서를 띄우기 위해 나는 멀리 떠나네 여행지에서 우리는 아름답고 기묘한 엽서를 사 오곤 했는데 돌이켜보니 서로에게 엽서를 쓴 적은 없었네 엽서에 나는 뒤늦은 사랑을 쓰면서 동시에 엽서에 대해 쓰네 오, 정말, 엽서에 상처를 내는 펜촉, 상처를 내지 않고는 이 엽서를 다시 살게 할 수 없다는 것을 이제 나는 아네 우리 안의 어딘가가 이미 죽어 있었다면 우리는 더 적절히 서로에게 다가갈 수 있었을까 서로에게 덜 기대하고 서로를 덜 파괴하면서 말이야 그러나 상처를 내지 않고는 사랑을 쓸 수 없네 부서져 새로 태어나지 않고는 말이야 슬프지 않은 엽서를 찾아 나는 멀리 떠나네 이 세상에 없는 엽서를 찾아서 떠나네 다시 사랑의 취기가, 도취의 파도가 소인으로 찍히는 것을 상상하면서

해안선

밀려왔다 밀려가면서 내게로 접혔다 펴지기를 거듭하는 편지, 여기에 나는 발을 담그면서 나의 모래투성이 발을 보면서 내가 나임을 점점 알 수 없게 된다 눈물에 깎여가는 낯선 자리에서 나는 먼 수평선을 바라보고 밀려오는 파도는 그 시선을 자꾸 내 안으로 접는다 한마리 작은 새가 구름 속을 날아 어디론가 사라진다 자몽 빛 금박을 입힌 구름이 저기 있다 내 안에 있는가 저녁이 마스카라처럼 번진다 손톱이 떠밀려온다 모래투성이 귀가, 눈썹이 떠밀려온다 꿈의 퀭맨 자리를 물거품으로 지운다 운다

불타버린 편지

어떤 사랑도 기록할 수 없다면 사랑을 쓸 수 없다면 저는 살아도 산 것이 아니에요 우리가 각자 태워버린 편지는 되돌아올 수 없어도 우리 사이에 얼마만큼의 거리가 있는지 얼마만큼의 하늘이 있어서 전화해도 받을 수 없는지 쓰고 싶어요 편지지를 고르면서 제가 저녁 하늘의 그라비어를 보고 있을 때 당신이 있는 곳은 몇시인가요? 우리가 각자 다른 사람과 결혼했는지 결혼하지 않고 사는지 그런 것은 쓸 수 없을지 모르지만 다른 사랑 없이 사는 것이 대체 가능한 일인지 말하기 어렵지만 사랑이 지나갈 때 벚꽃처럼 보이는 재, 불타버린 편지가 어디까지 그뒤를 밟다가 부서져 흙이 되는지 흙이 되어 꽃이 되는지 쓰고 싶어요 사랑을 쓸 수 없다면 저는 살아도 산 것이 아니에요

라플란드

조카가 시에는 무엇을 담느냐고 묻기에 편지에는 내장을 담지, 하고 가르쳐준다 라플란드 할머니가 핀란드 할머니에게 편지를 보낼 때 생선의 내장을 긁어내고 그 죽음에 편지를 쌌듯이, 만지면 아픈 시를 쓸어안는다 무슨 말이든 잘 믿는 조카가 시에는 무엇을 담느냐고 묻기에 편지에는 꿈틀대는 내장을 담는다고 말할 수는 없어서 그보다도 하얗게 하얗게 쓸어안는 게 중요하다고 눈 오는 밤의 봉인이 중요하다고 속여본다 속아주려느냐 조카야, 이것은 너만 속이려는 게 아니란다

우주적

뉴런들 사이에서 떠도는 아직 쓰지 않은 편지, 수십억 은하의 실타래 위에 이미 있었네 암흑 속으로 팽창하는 우주에서 안드로메다처럼 당신은 내게 다가오고 있었네 우리가 하나였을 때 마음에 떠오르는 것은 모두 서로에게 전해졌네 당신이 느끼는 것을 나도 우주적으로 느꼈네 당신이 돌담을 넘어 숲 저편으로 사라진 뒤 구름이 쌓이고 눈이 대지를 휩쓸고 눈사람이 녹아 없어지고 천변만화의 구름이 뿔뿔이 흩어졌다가 뭉치고 비가 내리는 동안 나는 편지를 썼네 세월 가는 줄 모르고 썼네 당신에게선 아무 소식도 없고 하루는 비 내린 장독대에서 노랑할미새가 깃털을 고르고 있었네 마당귀 고인 물을 굽은 등으로 나도 들여다보고 들여다보고, 까마득한 우주에서는 엇갈리는 유성들

외워버린 편지

편지를 태우기 전 거듭 읽는다 당신이 부탁한 대로 거듭 읽어 외운다 편지는 불타고 재와 연기가 난무한다 매캐한 위치에서 홀로 나는 당신을 이해해보려 하지만 당신은 내 곁이 아니라 내 안에 있다 오, 나의 당신, 귀 안에 느껴지는 당신의 필압(筆壓), 나는 당신의 편지를 거의 외우다시피 한다 타버린 편지는 난분분히 어두운 목소리 되어 창백한 해를 살라먹는다 이 어두워가는 세계로 당신은 삼켜진다 귀 안으로 흘러드는 잉크, 귀 안의 독, 귀 안의 잇자국, 나는 당신 목소리만큼 무거운 당신의 필압을 느낀다 곁이 아니라 당신은 내 안에 있다 심장을 누르는 보라색 필기체

슬픈 습관

당신은 내게 전화로 헤어지자고 말하고 그후로 내게는 다른 방식의 이별을 상상하는 슬픈 습관이 생긴다 당신은 사막 가운데에서 헤어지자고 말하고 내 발밑에서는 이빨 돋은 모래 고기가 선회하기 시작한다 당신은 어느새 빙산 위에서 헤어지자고 쓴 얼음 편지를 내게 건넨다 (매머드의 슬픈 사체) 사막에서도 극지에서도 당신은 처음에 우리가 만났던 때보다 어른스럽고 아름답다 당신은 내게 아무튼 편지 같은 것을 쓴다 그것은 어김없이 내 트레이싱지 같은 피부를 찌른다 폐부에 닿는다 목적지가 있다는 것은 언제나 운명을 떠올리게 한다 우리 사이에는 기항지가 없어요, 하고 중얼거려본다 그러나, 그러나 편지의 시대는 이미 끝났고 (하늘의 새들이 모두 편지로 변해 추락한다) 우리의 시대 역시 그렇다 얼음 편지가 날아온다 모래의 눈물이 흐른다 편지를 펼치면 그것은 당신이라는 이름의 계단이 되고 편지의 젖은 부분이 깊어지면서 우물이 되고 늪이 되고 이렇게 난공불락의 성채를 쌓고 그 안에 갇히는 것은 누구 탓일까 꿈에서 당신은 언제나 실제의 당신보다 운명적이고, 그러나 편지의 시대는 이미…… 문제는 그런 것이 아니라 내가 당신을

한산(寒山)

이곳에서는 엽서를 구하기 어려워 엽서를 구하다 죽고 엽서를 쓰다 죽어* 우리 사이에는 집배원이 없고 길이 없고 길을 아는 새에게 엽서를 맡기지 유월에 새싹이 돋고 시월에 외투 위로 새로운 눈이 쌓이고 아침에는 하얀 김을 토하는 이상한 바위들, 고목에 돋은 안개의 잎들, 수만 솔잎의 잔잔한 파도 소리, 풀잎에 맺힌 수만 이슬의 그윽한 공명(共鳴), 집에 가는 것도 잊고 이곳에 산 지 몇해인가 이곳에서는 엽서를 구하기 어려워 엽서를 구하다 죽고 엽서를 쓰다 죽어 왜 우리는 이 작은 테두리 안에 쓸 말을 찾아 헤맬까 길을 아는 새가 엽서를 품고 구름의 벽을 건너네 왜 우리는 가질 수 없는 봄날을, 가질 수 없는 날개를, 청(靑)의 호수 밑으로 침잠하는 가질 수 없는 그 모든 이미지를 기꺼이 새에게 맡길까 전부를 새에게 걸까 엽서는 떠나네 그것은 일찍이 우리가 가진 적 없는 것이 되어 한산의 깃털이 되어 먼 곳을 떠도네 풀잎은 이내〔嵐〕 속에서 졸고 조약돌은 맑고 시린 물에서 천천히 닳아가는데

* 박상순 「내 들꽃은 죽음」 변용

결괴

껴안고 있는 엽서의 앞면과 뒷면처럼 마지막 잎새가 바람에 흔들릴 때마다 나는 두렵다 이 밤이 지나면 아무것도 쓸 수 없게 되겠지 배달된 엽서는 모든 것을 말해버리겠지 나는 바람벽의 깊은 곳에 마지막 잎새를 묻는다 바람이 분다 바람벽을 접는다 그 안에 잎새가 있다 더 큰 바람이 들이치고 벽은 언제까지 서 있어야 할까 나는 지친 몸으로 벽 깊숙한 곳에서 마지막 잎새를 꺼내 마른 손에 담는다 마른 손을 소용돌이 모양으로 접어 밀랍으로 봉한다 (그러나 내가 바라는 것은 내가 바라지 않는 것) 엽서는 왼손과 오른손의 사슬 같은 악수를 풀지 않고 공중제비의 명멸을 되풀이한다 사자후 속으로 나는 간다 결괴 속으로 나는 간다 엽서는 귀청이 찢어지는 바람의 일갈 속에서 선회한다 금빛 갈기 속의 말은 앙다문 밀랍의 입술을 벌린다 엽서는 모든 것을 말하려 하지만…… 접힌 자국이 없는 바람의 봉투가 찢어진 손을 감싼다 사자후의 봉투, 결괴는 결괴의 형식으로 결괴를 미룬다 외톨이 농아가 골목의 끝을 민다 골목의 끝은 언제까지 지친 몸으로 서 있어야 할까

물 아래 편지

당신의 잠에 몰래 찾아가 잠든 당신 얼굴을 가만히 보다가 옵니다 당신이 눈뜨면 나는 불타오르고 나는 행복해지면 안 되는 사람이라서 당신 눈을 피해 수변(水邊)을 거닐거나 당신에게 하고픈 말을 물 위에 적어봅니다 우레는 물 아래 내려가 쉬고 우레는 물빛 봉투 안에서 잠들고 우레를 깨우면 안 돼, 우레를 깨우면 모두 타버리니까, 물 아래 잠든 우레, 중얼거리다가 중얼거리다가 당신이 잠들면 당신 잠에 몰래 찾아가 당신의 속눈썹을 들여다보고 귀밑머리를 살짝 만지고 나는 행복해지면 안 되는 사람인데, 생각하다가

유원지

대관람차의 형해(形骸)가 방치돼 있다 칠이 벗겨진 말들이 막사 안에서 선잠을 잔다 하늘은 붉게 타오르는데 태엽장치가 망가진 인형이 편지를 쓴다 돌아앉아 쓰고 있다 뒷모습으로도 편지가 젖어 있다는 것을 보여주고 있다 오렌지 향이 날 것 같다 어쩌면 그는, 울고 있는 것일까

표변

당신 편지가 열리면 저는 예전의 제가 아니에요 두 귀는 뾰족해지고 손톱 밑의 달은 활처럼 휘어요 우리 사이에는 흰 별이 있고 그 별에는 우체국이 있어서 엽서가 나비처럼 날아요 당신 목소리 푸르고 하늘의 전화기가 그 소리를 오로라로 바꾸어요 (사이프러스, 빛나는 갈기, 불타는 우체국) 당신이 더는 편지를 쓰지 않기로 해서 제 안의 편지가 불타고 그 불이 별의 우체국을 태우고 편지가 검불이 되어 흩날리면 당신의 얼굴은 희미해지고 목소리만 유령처럼 맴돌아요 수묵의 목소리가 사이프러스 숲 위로 미친 바람 되어 번질 때 저 멀리서 원숭이 우는 소리, 입 벌리고 사무치게 우는 소리, 길고 긴 어떤 덩어리가 우주 바깥으로 나가려고 입 벌리는 걸까요? ~~우리 사이에는 없는 별~~ 당신이 떠난 자리에는 절이나 탑을 짓지 않고서는 달랠 수 없는 늪의 시간이 있어요 알아요 저는 당신뿐 아니라 당신과 이어진 제 일부를 잃게 되죠 그래요 그러나 그것이 무엇인지도 모른 채 아무 일도 없다는 듯 표정을 고치고 지하철역 계단을 오르죠

편지란 무엇인가

그 결과, 기형으로 일그러진 얼굴은 두건으로 가린 채 비틀린 몸을 질질 끌며 거리를 헤맵니다 그것이 운명인지 몰라도 잉크가 엎질러져서 가는 걸음마다 검은 울음이 고입니다 길, 걸음과 울음, 처절하게 쓴다는 것, 이제는 좀 자고 싶지만 세상은 두건에 난 구멍으로 제 눈을 들여다봅니다 만화경의 슬프고 황홀한 무늬를 구경합니다…… 오즈벨에게 속은 흰 코끼리*가 코끼리 감옥에서 편지를 쓴다 빨리 와서 도와줘 심하게 당하고 있으니까 어서 와줘…… "인생은 놀라움으로 가득합니다 이 피조물의 불쌍한 어미는 운명에 제압당했습니다 임신 사개월 차에 야생 코끼리에게 말이죠 지도에도 없는 어느 섬에서, 그 결과……"** 흰 코끼리가 쓴 편지에는 아무것도 적혀 있지 않습니다 엿보기 구멍으로 슬쩍 보았죠 편지란 비어 있어서 우리가 거듭해 꿀 수 있는 꿈이에요 그 꿈은 언제나 편지란 무엇인가라는 물음을 포함합니다…… 지도에도 없는 태중(胎中)의 기억을 어슴푸레 떠올리면서 이토록 불행한 것은 어째서인지 우리는 다만 알고 싶을 뿐이고…… 아, 이제 끝이다, 한숨을 쉬면서 흰 코끼리는 끝의 침대에 육중한 평생을 눕힙니다 흰 코끼리가 쓴 편지는 여전히 비어 있습니다

* 미야자와 겐지 「오츠벨과 코끼리」(1926)

** 데이비드 린치 「엘리펀트 맨」(1980)

사랑의 폐광

당신에게 쓰는 시는 언제나 나를 다치게 하네 쓰면 쓸수록 나는 죽음에 다가가네 수많은 통점으로 뒤덮인 글쓰기, 편지, 당신에게 쓰는 시…… 나의 수많은 기절!

당신에게 쓰던 이메일은 유령처럼 사라지고 나는 특별한 질감의 엽서에 당신 이름을 새로 적네

당신 이름이 새겨진 몸이, 우표도 붙이지 않은 엽서가 내 앞에 있네

입 벌린 상처들에는 혀가 없고 출산이 없고 묻혔던 보석이 없고

이 방에는 지금 유령들뿐, 지우개를 들고 있는 유령과 미래의 유령들—쓰게 될 편지와 쓰지 못할 편지 들의, 그리고

사랑의 폐광에서 내가 채굴한 당신 이름, 날카로운 펜으로 새긴 문신

나의 첫 줄, 첫 줄이자 마지막 줄, 지워지지 않는 낙인을 검지로 문질러보네

아, 익숙해지지 않는 질감의 고통

사전

poste: 프랑스어로 여성명사일 때는 엽서라는 뜻, 남성명사일 때는 지키는 곳, 위병소라는 뜻
엽서는 무엇을 지키는 위병소인가, 앞면과 뒷면의 소리 없는 범람이, 앞도 뒤도 없이 몰아치는 난폭한 눈보라가 위병소를 덮친다

엽서(葉書): 나뭇잎에 적는다 빛을 중개하는 것
나뭇잎 사이로 흘러내리는 햇빛의 무늬를, 초록색의 점자를 갑충이 더듬더듬 읽는다 숲은 더 캄캄한 허물을 벗고, 허물은 부전나비가 되어 숲의 적막 속에 숨는다

엽서: 엽서는 이름에 서(書)가 들었으되 책은 아니다 단 한권의 책도 쓴 적 없는 사람의 굳게 다문 입술, 젖은 나뭇잎(**혀 그 자체**), 말하고 싶다 쓸 수 없는 것을

제발

폴에게

폴, 너는 뺄을 잃고 편지를 쓰게 돼 아무도 없는 거리에 서서 어디로도 가지 못하게 돼 뺄을 잃고 너는 자신을 미워하면서 파란 불꽃에 자신을 태우면서 편지를 쓰게 돼 니나는 없어 니나는 이제 없어 니나는 원래 없어 폴, 너는 뺄을 잃고 편지를 쓰게 돼 잊지 마, 너는 죽게 돼 제발 편지에서

꿈의 범람

당신은 밤을 데리고 온다 밤은 오레오 맛, 혹은 담배 냄새가 난다 유리창 너머에서 도시가 비의 부식(腐蝕)을 견딘다 유리창을 응시하면 얼굴이 흘러내린다 손바닥으로 거듭 지워도 본능은 거기 있다 나는 외면하면서 나의 이면과 마주한다 백지와 마주할 때 나는 역광을, 광배(光背)를 얻는다 어떤 섬광이 흰 벽에 흘러내리는 새장을 그렸다가 지운다 지우개가 작업한다 내가 쓴 시의 암호들이 하나씩 지워져간다 나는 지우개로 쓴 편지를 접어 그림자 새에게 맡긴다 새를 따라 당신에게로 간다 꿈의 비옥한 범람 속으로, 도살장으로, 두께 없는 무간(無間)으로

가장 불행한 사람

현관문이 닫히고 우리의 입술이 맞닿네 잡은 두 손 뜨거워지고…… 우리는 식탁에 마주 앉아 차를 마시고 그날 본 연극을 떠올리네 유리창에 맺히는 둥근 회상…… 길모퉁이를 도는 당신에게서 끝나지 않는 끝이 시작하네 비가 오네 이층 베란다에서 내려다보면 우산 쓴 당신이 있고 그 우산은 가라앉아 심연으로 사라지네 아니야, 지붕이 구름 너머로 솟구치고 구름의 잠을 뚫고 내가 꿈의 에테르로 떠돌 때 당신 우산은 투명한 잉크가 되어 편지의 중심으로 스미고, 깨어보면 언제나 슬픈 백지가 다시 펼쳐지네…… 당신 옷깃이 골목으로 사라지네 모퉁이를 도는 당신에게서 끝나지 않는 끝이 시작하네 "당신, 어떻게 한 거지? 어떻게 해서 당신이 보이지 않게 되는 것이 계속 보이게 할 수 있는지!" 문이 닫히고 우리의 입술이 맞닿네 그날 본 연극의 한 장면을 당신이 말하던가 그런 날을 항상 꿈꾸지 물방울의 포옹, 흘러내리는 물의 반지, 지워지는 편지…… 모퉁이를 도는 당신의 등이 투명해지네 그러나 투명이라니…… 나는 항상 회상하네 우리의 미래를, 어제처럼 친숙해서 어제에 잠식당한 내일을, 일어나지 않은 입맞춤을

구름의 뉘앙스

너에게 편지를 보낸다 네 애인은 네게 그 편지를 읽어준다 내 사랑을 너는 그의 목소리로 듣고 그도 내 사랑을 자기 목소리로 듣는다 푸른 보석 안에서 흰 구름 흐르기 시작한다

엽서

소녀에게

지난해 당신이 주고 간 도토리들은
상수리나무가 되는 대신 노래가 되었습니다
손바닥에 쥐고 있으면
바람이 달려와 먼 곳의 이야기를 전해줍니다

당신은 눈이 쑥 들어간 할머니가 되어서는
하늘도 땅도 없는
어둠 속에 혼자 있다고

팔월의 하늘에는 푸름이 떠돌고 있습니다
고추잠자리가 그 위로 날아다니며
여름 해의 은실을 모으고요
나무들은 문제없습니다
그늘에 새로운 이끼들을 키우고 있습니다

당신이 주고 간 도토리 속에서는
달이 다이아몬드로 굳어가고
별들이 오팔처럼 그윽해지다가 그대로 오팔이 됩니다
밤의 새들은 빈 들판의 돌이 되어 잠들고

아침이 되면 참새가 되어 몰려다닙니다

저는 당신을 기다릴 겁니다
할머니가 된 당신이어도 좋아요
이 존재의 축제 속에서

사랑을 말하는 것

교환 일기

천변 우거진 풀은 은빛 육십리

뜨거운 볕에 살이 타올라

타올라, 하늘의 사금파리가 된 것인가

언덕 위 뭉게구름

소리 없는 폭포처럼 떨어지는 네 등의 선

너를 나는 나의 누구로 잘못 보는가

가랑비 몽몽(濛濛)

오른손 검지 두 마디가 안 보인다 그대 없이는 아무것도 쓸 수 없다 잠도 잘 수 없다 눈꺼풀이 없고 왼쪽 견갑골이 없다 오늘의 운세는 *산그늘에서 학이 동류를 부르며 운다*, 가랑비에 신발 젖는다 그대와 나는 서로에게 스민 한 몸의 천사였다가 푸른 피 뿜는 열상(裂傷)의 쌍생이 된다 엇갈리는 두 팔이 붕대처럼 자기 자신을 껴안으면 으스러지게 참는 표정, 닮는다 나는 나에게 이인(異人)이고 그대는 그대에게 이형(異形)이다 어느 날 보니 발가락이 열네개! 그대는 나 없이 서 있다 분명히 어딘가 여섯개의 발가락으로 서 있는 것이다 우리는 이렇게 약한데 왜 서로 부르지 않을까 여행자수표를 도난당한다 열네개의 발가락은 희다 아메리칸 익스프레스는 나를 나로 알아볼까 빈 캐리어를 끌고 가랑비 몽몽을 간다 그대는 이 빗속에서 엄지발가락에 가만히 힘을 주리라, 낫지 않는 날씨 낫지 않는 불통 우리의 봄은 아프다는 전보도 없이

롱 러브레터

내 안에는 아버지에게서 온 것이 있고 어머니에게서 온 것이 있다 아버지에게는 할아버지에게서 온 것이 있고 할머니에게서 온 것이 있다 어머니에게는 외할아버지에게서 온 것이 있고 외할머니에게서 온 것이 있다 내 안에는 말이 있기도 전의 영구동토층 아래의 어둠에서 온 편지가 있고 또 그 이전의 일월성신에서 온 편지가 있다 한 사내가 눈 덮인 천산을 등에 지고 내려온다 광주리 가득 말린 물고기를 담은 아낙이 강을 건넌다 두개의 엇갈리는 길이 꿈의 매듭을 지은 편지가 내 핏속을 돈다, 하여 나는 얼마간 남자이고 얼마간 여자이다 얼마간 바람이고 흙이다 결코 한겹일 수 없는 미지(未知)이다 잠 못 드는 밤 나는 내 안의 먼 피를 떠도는 긴 사랑의 편지를 홀로 읽는다 이토록 붐비는 사랑이라니 이토록 사무치는 연연이라니……

운메이(運迷)*

민주주의

미륵이 오고 있다 온다 오지 않은 것은 계속 오고 있는 것
미륵이 다가올수록 우리는 눈멀게 되고
아무런 차이도 볼 수 없게 되겠지
도착하지 않은 편지는 아직 오고 있는 편지
우리의 운명(運命)은…… 말하자면 우리는 길 위의 안될 놈들이지만
MC 미륵은 말하겠지 누구라도 좋다고

* '운메이(運迷)'는 '운명(destination)'과 '방황(errance)'을 결합한 프랑스어 조어 'destinerrance'를 일본어로 번역한 말이에요 '운명(運命)'과 일본어 발음이 같으면서도 본래의 뜻에 '헤맴의 가능성'이라는 의미를 더해 운명의 고정성이나 불변성을 해체해요 목적지를 알아도 우리는 길 위에서 항상 미아(迷兒)가 될 수 있어요

반복

연출 선생이 배역을 정하는 데 골몰한다 모두 폴이기를 바라지만 폴은 한명이다 나는 폴이다가 니나가 된다 니나는 미륵이 되고 미륵은 폴이 된다 아침에 쫓는 사람이다가 저녁에 쫓기는 사람이 된다 그러나 편지는 오고 있다 마음이 가난한 자에게 편지가 온다 나는 연출가가 된다 모두 폴이 되려 하니 큰일이다 극단 대표는 연극을 무대에 올리지 않겠다고 통보한다 거울 안에서 스핑크스는 부은 발을 주무른다 나는 극단 대표가 되어 연극을 본다 무대 위에서 랭보가 말한다 나는 타자다! 중요한 것은 그뿐이다 나는 타자다, 이 말이 누구의 것인 줄도 모르고 나는 내뱉는다 소년에게 그 말을 해준 것이 바로 나일까 모든 배역을 거치려고 한없이 돌아오는 윤회, 모든 사람이 되려고 한없이 돌아오는 나, kryptonite 아침에 일어나면 까닭 없이 슬프다 무엇을 잃었는지 잘 설명할 수 없다 그러나 잃어버린 자는 되찾은 자가 되리라 편지가 오리라

속삭임

palimpsest

거의 지워진 아이가 북(杼)을 들어 올려 오른쪽으로 밀자 양피지가 뜨면서 어제의 일기가 지워진다

북이 돌아와 양피지가 다시 바닥에 붙으면 아이는 손톱으로 낙서를 할 수 있다

양 머리 소년이 시간의 퇴적층에서 유물을 파낸다

귀 안의 깊은 곳에서 지우고 지워도 다는 안 지워지는 아이가, 거의 지워진 아이가……

Record Shop and Bar

재혁에게

한쪽 벽에 오래된 LP 재킷들이 붙어 있다
그 위로 우리가 본 적 없는 영화가 영사되고 있다
나는 우롱차를 마시면서 너를 기다린다
너는 빌 에번스의 역사적인 음반을 들고 이층에서 내려
온다
「왈츠 포 데비」의 단지 몇 악절만 기억하지만
오히려 좋아, 나는
새로운 편지지를 찾다가
보이지 않는 개구리 소리로
늦은 밤의 한 페이지를 맑게 씻는다

통화(通貨)

지하 일층 아래 이층 아래 삼층이 있어서 저는 그것을 편지에 적어 당신에게 주려 합니다만 아무래도 저는 적당한 말을 찾을 수 없어서 우물 아래 닫힌 눈으로 내려가 슬픈 거울을 짭니다 몇해인가 제가 쓰다가 만 편지는 통화(通貨)가 되어 원더랜드의 대기권을 수놓았지만 통용된다는 것은 언제나 몇발자국 비켜서거나 물러서는 일이었습니다 저는 쌓여만 가는 편지 더미에 마음을 가져다 대보는 키 재기를 수없이 하다가 턱 밑에 흰 수염 몇가닥 돋은 줄도 모르는 어둑사리가 됩니다…… 오늘도 깊이 없는 이 얄팍한 거리를 슬픈 거울 등에 지고 터벅터벅

봉투만 있는 편지

(무대 밝아진다 남자는 우두커니 서 있다 바닥에 쓰러진 노인을 내려다본다 노인이 움켜쥔 편지봉투를 잡아 뺀다 잉크가 번져 있다 봉투 안에는 아무것도 없다 실망하면서 봉투를 구겨 노인 위로 던진다 여자가 등장하면서 독백한다 술에 취한 듯 비틀거린다 남자는 여자를 보지 않는다 두 사람은 다른 공간에 있다)

여자: 당신 술잔의 끝까지 가보고 싶었어요 마음이 무슨 말을 하는지 듣고 싶었어요 그 끝에서도 당신은 아무 말도 하지 않았지만 어쩐 일인지 저는 모든 것을 알게 되었어요 술잔 끝에 견고한 편지를 놓아둬요 두 손으로 가만히 감싸면 그것은 불멸의 체온, 어쩌면 보이지 않는 봉투, 보이지 않게 하는 봉투, 당신은 이 편지를 아주 늦게 찾을 수 있고 영영 찾지 못할 수도 있어요 아마 저인 줄 모르겠죠 저는 편지에 아무것도 적지 않거나 얼음의 문자, 휘발하는 암호로 무언가 적어놓겠지만…… 분명히 당신은 말하겠죠 우리는 그때 젊었다고 말이에요 이 편지를 당신이 빨리 발견할 수는 없어요 우리에게는 시간이 필요해요 제가 멀리 떠날 시간과 당신이 이곳에 온전히 남을 시간이, 그리고 당신이 깊은 곳으로, 당신의 끝으로 갈 시간이

나를 찾아서

기형도

눈의 궁전이 있는 검은 페이지가 말소된다 적막이 짙어지면 가로등은 빛의 결계를 만들고 저마다 자기만의 하얀 방에 틀어박혀 고개를 떨군다 술꾼이 걸어온다 봉분처럼 외투의 등이 불룩하다 그 속에서 칭얼대던 아이는 잠들었다 뜨내기의 서러운 눈이 잠든 혹에 잠시 가닿는다 고단한 발을 동동거리며 그는 열심히 구름을 만든다 편의점의 빛을 등지고 마지막 담배를 태우고 죽지 않는 도시의 허름한 방으로 그는 돌아가리라 지면에 붙어 날아가는 검은 허수아비…… 저만치, 매캐하게 멀어진다 눈의 여왕의 썰매가 엇갈리듯 지나간다 탈색된 시(詩)의 파편이 바람을 타고 하얗게 솟아오른다 자, 집으로 가자 깊은 골목에는 깊은 눈이 쌓인다 숙직을 서던 고양이가 눈을 헤집고 죽은 쥐 한마리를 찾아낸다 죽은 쥐의 속에서 편지를 꺼내 밤의 회랑을 따라간다 북국의 흰 빛 속으로 술꾼은 눈 맞은 그림자를 고쳐 입고 비틀거리며 간다 자신의 구불구불한 내부로, 집으로 가자 환등기가 돌아간다 외투 속의 아이는 식물처럼 자라 어른이 되고 어른은 다시 영원한 소년이 된다 등신대의 거울 속에서 소년은 잉크가 번져 읽을 수 없게 된 편지를 받는다 나는… (독순술로 읽는 말소된 페이지)…너다 "나는 불행하다"

기대

당신의 편지가 오네 오고 있네 내가 그것을 소리 내어 읽으면 당신의 혀가 내 귓불에 닿고 당신의 부드러운 혀가 내 귀 안에 이미 있네 당신의 편지는 오고 있네 오네 동구 밖까지 왔을까 잡화점 앞을 무사히 지났을까 라플란드의 집배원이 커다란 가방에서 당신 편지를 찾아 초록색 지붕의 집 귀에 넣어둘 것이네 오, 나는 그것을 소리 내어 읽어야지 소리 높여 읽어야지 그러면 이미, 내 귀 안에 있는 당신의 혀, 당신 혀의 무수한 미뢰들, 하나하나 벙그는 말의 꽃봉오리들

구름이 깊어 알 수 없는 곳*

꽃은 이미 부분입니다 꽃잎을 떨어뜨리기도 전에 부분입니다 세상에 남은 것은 꽃이어서 꽃잎 위에 눈물을 주고 그 그늘을 벌레 소리로 채웁니다 그늘은 다 채워지지 않아서 나는 꽃 주위를 맴돌며 애태웁니다 키스를, 포옹을 떨어뜨리며 구멍을 메우고 하얀 꽃잎에 편지를 씁니다 잘 있습니까 꽃은 **가시 돋친 벽** (편지는 늘 옹이로, 고딕체의 흉터로 변합니다) 꽃에, 벽에 애원합니다 보이지 않는 곳에서 소년이 나오고 소나무 밑의 소년은 말없이 가리킵니다 구름이 깊은 곳을, 알 수 없는 곳을……

* 당나라 시인 가도(賈島)의 시 「심은자불우(尋隱者不遇)」의 결구 "운심부지처(雲深不知處)" 차용

엽서
서윤후씨에게

방울토마토 잘 익은 방울토마토
빨강 주황 노랑 초록 보라
다섯알의 방울토마토가
하늘로 날아오릅니다

말을 잘 할 줄 모르는 사람이라서
빨강 주황 노랑 초록 보라
다섯알의 방울토마토를
골라보았습니다

빈 접시 작년 겨울의 빈 접시

오늘 낮 하늘의 근육 구름 또 근육 구름
너머의 빛 구름
방울토마토 다섯알만큼의 빛을 모은
빛 구름으로 둥실

근육 구름 밑으로 떨어지는 눈비
서둘러 모자를 눌러썼습니다만

눈비보다 더 키가 높은 빛 구름
훈데르트바서 영감님 화풍으로
묘하게 해를 뒤집어쓰고 있었습니다

백구십 센티미터의 공기
어떠합니까

야광별 시스템의 종말

김중일에게

우주를 가둔 하늘에 구멍이 생기면 거기에 새를 날게 하는 아무튼 씨의 시스템이 있지만 나는 그렇게까지는 할 수 없어서 세계의 균열에 야광별을 붙이고 돌아다닌다 그러나 내가 만든 세계는 완전하지 않아서 가끔 내가 만든 세상에서 내가 만든 적이 없는 그들을 본다 무섭게 생겼다 그들은 내가 시를 쓰고 있을 때 내게 말을 걸지 않아서 무섭고 내가 하늘의 야광별을 보고 생각에 잠길 때 함께 생각에 잠기지 않아서 무섭다 내가 죽으면 이 세계도 끝나겠지만 그런 걱정은 필경 걱정도 팔자라는 것이 될 것이다 내가 죽어서 구멍이 생기면 아무튼 씨, 거기에 새를 날게 하지는 마세요 어차피 이곳은 시일 뿐이에요 내가 죽으면 필경 내 이름이 지시하는 곳에는 구멍 같은 것이 생기기는 생기겠지만

러시아 인형

러시아 인형처럼 어머니를 열어보면 내가 있다 아버지를 열어보면 내가 있다 그분들은 거인이다 나는 아주 작다 나는 열어볼 수 없는 맨 마지막 인형이다 아주 작은 인형이다

지방의 한 화학 공장, 유해 물질을 노(櫓)로 젓는 거인이 있다 나는 대학으로 멀리, 멀리 도망친다 아직이다 우리 사이에 시베리아가 있어도 아직 보인다 죽음의 수프를 젓는 거인이 보인다 나는 우아하게 시를 짓고 서울 사람이라도 된 것처럼 투명한 계단을 오른다

아버지는 내 시를 궁금해하신다 어머니는 내 시를 궁금해하신다 그러나 너무 잘 보여서 — 그분들은 거인이다 — 나는 그분들에게 편지를 쓰지 못한다 우리 사이에 편지는 없다 아버지는 텔레파시를 믿고 어머니는 자주 꽃 사진을 내게 보낸다 나는 모국어를 잊어가는 작은 인형이다

화천대유(火天大有)

“피기는 다가오는 형상을 주의 깊게 바라보았다 요즘 그는 어쩌다가 안경을 벗어서 다른 쪽 눈으로 렌즈를 옮기면 더 선명하게 볼 수 있다는 것을 알게 됐다” — William Golding, *Lord of the Flies*(1954)

“신은 모든 것을 선명하게 보시지만 우리는 흐릿한 거울로 부분적으로만 본다” — *The Book of Corinthians*

“권력은 진실을 말하지 않는다 진실은 권력에 말해야 한다” — Julian Baggini, *A Short History of Truth: Consolations for a Post-Truth World*(2017)

“그들이 우편 투표의 쓰레기 더미를 집계할 때마다 얼마나 인상적인 득표율과 파괴적인 힘을 보여주는지” — Donald Trump’s twitter(2020)

러브레터

그 영화에서 제가 공감한 쪽은 오히려 와타나베 히로코에요 그녀가 죽은 애인의 옛집 주소를 팔뚝에 옮겨 적을 때 저는 슬픔의 냄새를 맡았죠 히로코는 죽은 애인에게 편지를 써요 그 편지는 후지이 이츠키(♀)에게 전해지고 이츠키는 또다른 후지이 이츠키(♂)를 떠올리게 되죠 이츠키에게는 플래시백이 있고 과거에서 잃어버린 시간을 되찾아요 히로코에게는 플래시백이 없고 몸 위에 주소를 옮겨 적는 욕망이 있어요 엽서에 상처를 내면서 잘 지내십니까, 저는 잘 지냅니다 하고 쓰죠 저에게는 플래시백이 없고, 그러니까 되찾을 기억이 없고, 당신과의 추억이 없고, 지금 당장 제가 몸에 당신 이름을 쓰면 당신이 제 앞에 나타나는 동굴벽화의 요술 같은 것이 필요해요 슬픈 엽서 같은 게 말이죠

허물

한번도 편지를 불태워보지 않고 어른이 될 수는 없습니다
새까만 어둠으로 앉은 남자가 방금 몸살을 하며 빠져나온
추문(醜聞)의 소년을 가만히 내려다봅니다 자기의 허물을
몰래 불태우지 않고 어른이 될 수는 없습니다

유실(遺失)

교환 일기

너에게 말할 때마다 나는 무언가를 잃게 되고
그 유실의 흔적은
우리 사이에 큰 구형으로 떠 있다

오늘은 너와 깊은 산중으로 들어간다
나는 이것을 내가 사라지는 일로 말할 수 있다
너는 내가 모르는 곳으로 나를 이끌고
나는 내가 없는 곳에서 너의 뒤를 따른다

너는 작은 물병을 잃어버리더니
산 아래 온천에서는 다른 것도 잃어버렸지

비밀
교환 일기

본당 한가운데에는 약사여래상이 있다 우리가 하는 말을 먼저 온 여자가 불상 뒤편에서 숨어 듣는다 여자는 무엇이 무서운지 음울한 곳으로 몸을 숨긴다 살을 파먹는 벌레가 산다는 깊은 숲이 절집을 감춘다 그 여자가 우리가 나눈 말을 모두 부처님 등에 적어두지나 않았을까, 숨겨둔 마음을 내어 말리다가 말리다가 인기척에 지레 숨은 것뿐일까 비밀이 있는 곳으로, 신이 보지 않는 곳으로 다리가 많은 벌레 하나 기어간다

이피게네이아의 꿈

“기차에서 내린 단 한명의 승객은 나였다 그러므로 이것은 그 누구의 꿈도 **아니다**”* 부정사가 부정하는 것이 꿈이라기엔 이어지는 이야기가 동화적이에요 거인이 나오고 마법사가 나오지요 문제는 꿈의 소유권이에요 꿈은 그 누구의 것도 아닌 나의 것이라고도, 꿈은 특정한 그 누구의 것도 아닌 다수의 것이라고도 할 수 있어요 나의 꿈이면서 동시에 많은 여성의 꿈, 많은 여성이 함께 꾸는 꿈은 어떤 것일까요? 가령 사령관이 딸을 제물로 봉헌하는 순간 딸은 사라지고 그 자리에 암사슴이 놓여 있는 꿈, 이피게네이아의 꿈, 우리가 이피게네이아가 되는 꿈, 이피게네이아가 되어 다시 꾸는 꿈, 다수가 같은 악몽을 꾸고 있다면 이 꿈은 단지 꿈일까요, 아니면 지독한 현실일까요?

(소녀, 쓰러져 있다 핀 조명) 누가 저 소녀를 죽였을까요? 몇명이 저 소녀를 죽였을까요? 편지가 온다 편지가 온다 살해되어 지금 여기에 없는 여성에게서 편지가 온다 도대체 몇명이 저 소녀를 죽였을까요?

* 배수아 「노인 울라에서」, 『뱀과 물』, 문학동네 2020

책갈피

kryptonite

“오오, 친구들아, 친구가 없구나”라고 무심코 소리 내어 읽는다

도서관에서의 일이다 서너명은 친구가 아닌데도 고개 들어 이쪽을 본다

그 목소리가 나의 것처럼 여겨지지 않고

친구들아 친구들아

죽은 사람의 목소리가 되어 울린다

죽지 않는 구멍

혼선

그는 죽지 않는 구멍이다 흡성대법으로 적(敵)의 진기를 빨아들여 그 구멍을 메운다 그러나 구멍에는 밑이 없다…… 그 영화에서 주인공 카세는 자칭 외계인으로 동네를 어슬렁거리고 다니면서 사람들에게서 소위 단어의 개념을 빼앗는다……* 잃은 사람에게는 공허가 생기고 나는 그 공허의 밑으로 내려가보았어요 거기엔 납골당이 있고…… 그는 자신의 결여를 메우기 위해 타자의 심급이 필요하다 그는 부단히 타자의 승인을 구하지만 자신의 빈 곳을 어쩌지 못하는 외로운…… 마쓰다 류헤이(松田龍平)는 이번에는 카세가 되어 연기한다 그는 비어 있는 신체…… 아니죠 낱말 자체는 사라지지 않아요 개념만 사라지는 거죠 그것은 멀리 불가능한 곳으로 가버리기 때문에…… 그 지하실에는 찢어진 종이들이 나뒹굴어요 파괴된 단어들의 잔해에서 어떤 엄청난 기운이…… 파괴된 것들의 자기 결합, 자기 증식, 프랑프랑프랑한 것이, 괴물적인 것이…… 그는 살인하는 구멍, 한시도 자기 자신으로 있을 수 없이 내면 가득히 타인을 빨아들여 그 얼굴을 지우고 지우는 지우-계(械)

* 구로사와 기요시 「산책하는 침략자」(2017)

…에서 온 이메일

혼선

「검왕조」(2020) 제××부: 천잠변(天蠶變)을 익힌 양경몽은 절체절명의 순간에 시간의 고치 속으로 들어가 다른 곳에서 열여섯살 소년으로 깨어난다 천잠변은 불로불사의 신공으로…… (주간 웨이브 아시아 드라마 차트 3주 연속 1위) 종일 씁니다 어디선가 쓰다가 이메일로 제게 보내놓고 또 한가해지면 이메일을 열어서 다시 쓰기를 이어갑니다 이메일이라는 회로를 통과하면서 고치 속의 편지는 나비가 됩니다 시간이 엇갈리면서 리듬이 생기는 거죠 (V.O.) 나, 여기 있어…… 있잖아, 잘 있어? ……그렇죠 다른 자들은 한계단 한계단 차근차근 올라가는 직선적인 시간 위를 달립니다 편집증적으로 상승해가죠 양경몽은 달라요 그는 그 직선적인 시간을 이탈하는 시간 여행자입니다…… 네, 두 사람을 이어주는 것은 휴대폰 메시지이고 휴대폰 메시지가 발송되는 시차가 있으므로 남녀는 다른 시간을 살게 됩니다…… 저는 그뒤로도 많은 시를 써온 셈인데…… 뽕잎을 쏠던 늙은 누에가 몸을 축내 지은 태(胎)로 들어가는 꿈을 꾼다 (이 회로 안을 떠도는 우리는 예전의 우리일 수 있을까, ……요?)

블라인드

DM

서로 알아갈래요?

부감풍경(俯瞰風景)

빨간 봉투 여니 칼날이 산같이 꽂힌 도산지옥
주황 봉투 여니 기름 가마에 몸이 다는 화탕지옥
노란 봉투 여니 손바닥 위의 얼음누에 한빙지옥
초록 봉투 여니 혀를 뽑혀도 말이 하고픈 발설지옥
파란 봉투 여니 서울,

서울역 뒤편
뱀굴처럼 축축한 지하의 쪽방에서 당신은
무슨 말을 할 듯 말 듯
내 귓불을 연신 만지고 있다
만지는가
그래도 사랑이라 하는가

남색 봉투 여니 흰 잉크로 당신은 당신을 쓰고 있다
당신을 낳고 있다 길들일 수 없는
연인이여, 뱀이여,
나를 실컷 만져다오 내 귓불을 만져다오

멍든 봉투 여니 불가사의한 목소리가

당신 피부에 새겨진다
아낌없이 말한다

첩첩산중

여기 나쁜 게 있어요?

—음, 무슨 일이 일어나면 거기에는 어떤 흔적이 남지 내 생각에 이 호텔엔 지난 세월 동안 많은 일이 있었던 거 같구나 다 좋은 일만은 아니겠지…… 다른 사람은 알지 못하는 걸 샤이닝 하는 사람은 볼 수 있단다*

오버룩 호텔에서는 끔찍한 일이 몇번이고 다시 일어난다 무슨 일이 있었는지 다 잊고 우리는 이곳으로 돌아온다 타자기가 호텔 라운지에서 주인을 기다린다 눈보라의 백서가 첩첩산중의 빈 곳을 채우면서 쌓여간다 산은 우리를 목구멍 안에 넣고 입을 닫는다 우리가 쓴 하얀 편지도 산의 먹이가 된다 오버룩 호텔에서 끔찍한 일이 벌어진다 호텔은 우리를 삼키고 반추한다 겨우내 눈보라의 고립 속에서 우리는 말하는 법을 잊고 이 방 저 방 쫓겨 다닌다 방만 바꾼다 우리는 먹거나 먹힌다 마음의 미로 속에서 길을 잃는다 식인종이 뜨겁게 운다 눈이 덮이면 우리는 쓴다 우리가 보지 못한 것을…… 보지 못했어도 본다 그 일은 세대가 바뀌어도 일어난다 어두운 유산이다 미로 속에서 타이핑 소리 울린다 눈 위에 쓴 편지는 어떤 밤보다 두껍다 아무도 없는데 많은 발

자국, 미로 속에는 우리 마음의 피 묻은 무늬

* 스탠리 큐브릭 「샤이닝」(1980)

맥(貘)

tele

날마다 꿈꾸지만 어떤 꿈인지 말하라면 말할 수 없어요 그것이 밤의 꿈을 모두 먹어치우니까요 어떤 소리가 날까요 꿈을 먹을 땐…… 규화보전의 무공은 거세하지 않고는 익힐 수 없다 그것은 음경(陰莖)이 사라진 자리를 대신하거나 음경과 혼동되는 그 무엇인지 모른다 그것은 명명되거나 묘사할 수 없는 것으로…… 꿈을 먹는 짐승의 이름은…… 어쩌면 아이돌 가수가 되어 텔레비전에 나오는 꿈을 꾸는지 몰라요 빙글빙글 돌아가는 생방송을…… 열심히 쳇바퀴를 돌죠 다만 그게 꿈이니까 밤낮 달려왔죠…… 마음에 구멍을 품은 남자들이 그것을 메우기 위해 동분서주하다 마침내 규화보전 주위로 몰려든다 그들은 눈이 멀 때까지 싸우는데 눈이 먼다는 것은…… 꿈을 준다는 건 뭘까요 꿈에 눈먼 사람도 남에게 꿈을 줄 수 있을까요…… 텔레비전에서는 다들 다른 사람이 돼요 알록달록한 옷을 입고 립싱크를…… 그들은 맥의 먹이가 되어 죽을 때까지 더러운 꿈, 꿈의 하수구를 떠돌게 된다

전화

혼선

하루에 한번 오후 다섯시에 나는 아버지에게 전화를 건다 별일 없는지 날마다 묻는다 ……괜찮다 하늘보다 먼 곳에서 들리는 소리 괜찮다 (　　) 때로 아버지는 아픈 곳을 말하고 자질구레한 일상사를 말하고 나는 아버지 목소리가 저 우주의 웜홀을 건너오는 소리를 들으면서 저녁이 물드는 것을 본다…… S사에서 출판한 내 시집의 편집자인 L형이 오래전 제안한 책을 떠올린다 그 책은 중견 시인과 신인의 왕복서간집인데…… 어머니는 내 전화 목소리가 아버지 목소리와 아주 흡사하다고 말한다 그건 우표예요 엄마 우, 표,라고요 아니에요 강아지 전화 바꾸지 마세요 (허공을 응시하면서) 그런데 거기 몇시죠? 전화벨이 울려서 쓰던 편지를 구겨버린다 영원한 우표…… 듣고 있니? 지금 나 누구랑 말하니? 아버지에게 전화를 건다 더 지치기 전에 ……아니에요 미안해요 그것은 제게 어려운 주제예요…… 네, 네

아직 거기 있어요

혼선

아버지가 주워 온 미제(美製) 중고 타자기로 저는 저의 첫 시를 썼습니다 하얀 타격음과 함께 검은 구멍이 생겼습니다 일곱개의 구멍, 피 뿜는 구멍…… “저를 호수 밑으로 끌어내린 그 소년을 찾았나요? 그는 아직 거기 있어요”* ……구멍 난 신발을 신고 아버지는 버스비가 없어서 몇 정거장이나 되는 길을 걸어오셨는데…… 제이슨이 마스크를 쓰고 등장하는 건 시리즈의 두번째 작품부터예요 제이슨은 구멍이 하나뿐인 두건을 써요…… 저는 시를 썼습니다 시는 구멍을 만들고 구멍 속에 있습니다 타자기의 해머가 흰 표면을 내리치면 시간이 갈라져 과거는 더 먼 과거가, 미래는 더 먼 미래가 되었습니다 저는 다른 친구들처럼 거리로 뛰어나가지 못했어요 저는 시를 썼습니다 집안을 일으키겠다는 젖은 꿈을 꾸었어요…… 벗으려고 할수록 반짝이는 크리스털의 해골, 얼굴, 사로잡힐 수밖에 없었던 낮과 밤의 주박(呪縛)…… 제이슨이 남자 얼굴에 벌목용 칼을…… 아직……, 거기 있어요

* 숀 S. 커닝햄 「13일의 금요일」(1980)

책갈피

kryptonite

매미 날개 멀리서 들리는 뇌성(雷聲) 잠자리 날개 붉어진 눈 부서지는 모든 것들 상승하거나 하강하는 하늘 잃어버린 편지 영원한 대상 희미하게 부유하는 체취 시시각각 다른 어종이 걸리는 빛의 그물 항상 다른 색으로 반짝이는 지느러미 — 날개 — 포말…… 언어의 스핑크스, 인간적이면서 괴물적인 나의 모든 노래

거리

그전에도 외로웠어요 까만 벽뿐이었죠 판자때기 벽에는 먼 옛날의 신문지가 붙어 있고 기사를 읽을 생각도 없이 외로웠어요 바닥으로 흘러내린 사회가 문신처럼 귀와 입 사이에 나타났어요 온종일 아무하고도 말하지 않은 채 사회적 거리두기를 참 잘했어요 어디에선가 탄저균이 담긴 편지가 발견되었다는 소식이 들려오고 변종 바이러스에 감염된 환자가 쓴 엽서가 배달된다는 풍문이 들려왔어요 감염된 자가 펜에 침을 발라 꾹꾹 눌러쓴 엽서가 말이에요 그러나 저에겐 주소가 없어요 당분간은 채권추심원도 집배원도 저를 찾을 수 없는걸요 여기는 벽뿐이에요 저는 거리두기의 챔피언, 사회적 거리두기가 있기 훨씬 전부터 사회와 안 친했어요 자고 일어나면 입과 귀 사이에는 사회가 낙인처럼 찍혀 있었어요 그전에도 외로웠어요 태어나자마자 까만 벽뿐이고 옛날 신문지에는 우리 같은 사람들의 눈물이 까맣게 전시되어 있었어요

우표 수집

삼총사

우표를 모으기 시작한 건 우연이었어요 한 친구가 우릴 배신하고 우린 더 단단해졌지요 각기 다른 상급학교로 진학하면서 우린 서로를 그리워하며 자주 편지를 주고받았어요 누가 먼저였는지 잊었지만 편지와 함께 외국의 멋진 우표도 동봉하게 되었는데 진귀한 우표를 찾으려고 발품깨나 팔았지요 우리의 편지는 차츰 우표를 교환하기 위한 것이 되더니 어떤 일로 영영 끊어지게 되었어요 재수 학원에선가 다른 친구들과 어울려 다니는 그를 딱 한번 먼발치에서 보았지만…… 그애 잘못이 아니에요 이것은 우표를 붙이지 않은 우정에 관한 에피소드라고 해두죠 그런데 이 이야기를 하려고 하니 우릴 배신한 먼 옛날의 그 친구에게서 모든 것이 시작되었다는 생각이 드는 거 있죠? 우표를 붙인다는 거 말이에요 그 아이는 아무 맥락도 없이 우리에게 등을 돌렸죠

그래서 영화란 무엇인가

tele

*어머니, 저예요 자주 연락드리지 못해 죄송해요 혈압약은 잘 챙겨 드시고 있죠? 발바닥이 갈라지는 건 좀 어떠세요? 기름 바르지 마시고 병원에 가세요 어머니, 건강하셔야 해요 어머니가 앓는 것을 제가 대신 전부 앓다가 죽고 싶어요 어머니, 여기가 어딘지 모르겠어요 천지가 다 캄캄해요 감기 걸려서 그래요 아버지 목소리랑 비슷하다고 하셨잖아요 이상하죠? 엄마, 괜히 눈물이 나***

* 영화 「보이스(On the Line)」(2021)는 보이스피싱을 다루는 데 그치지 않고 영화란 무엇인가라는 물음을 제기한다 영화는 보이스피싱이다 시나리오는 관객을 낚는 데 쓰인다 영화에는 도입부의 전파 방해 장치와 같은 메커니즘이 항상 필요하다 관객을 다른 관객에게서 떼어놓는 기술! 우주의 피부와도 같은 어둠에 휩싸여 그는 은비늘 돋은 자기의 꿈을 엿본다 낮과 밤, 낮과 밤의 실이 서로 꼬이면서 앞으로 나아가는 것을 본다 경찰은 카메라처럼 사건의 후미에서 달려온다 주인공은 경찰이 아닌데도 범죄자 소굴에 잠입해 꿈의 배 속을 기어다니거나 기어오른다

언덕 위 관음

교환 일기

버스는 언덕을 넘고 있었다 너는 슬프다 했고 그 슬픔은 네 어깨에서 내 어깨로 전해졌다 그것이 환멸임을 알아서 나는 더 슬펐다 버스는 저녁의 속을 향해 달리고 있었다 버스 안은 투명하게 밝았다 나는 네 표정을 차마 볼 수 없었다 나는 언덕 위 관음(觀音)을 생각했다 관음은 세계를 구하려고 변신을 거듭한 게 아니야 관음의 얼굴 위로 또다른 얼굴이, 얼굴들이 솟아나고 있었다 우리가 보지 못한 언덕 위 관음은 포옹을 기다리며 매번 다른 얼굴로 끝없이 돌아온다 관음이 처연한 모습으로 수면에서 흔들리는 달을 본다 너의 슬픔을 알면서 나는 너에게 가지 못하고

블루스
교환 일기

아무래도 너는 내 말이 무거운가보다 너는 술을 더 사러 나간다 나는 밤이 차오르는 골목길을 헤엄쳐 가는 너를 떠올린다 골목길이 모두 내 아픈 몸 안이다 모퉁이를 세번 돌 때까지 나는 너를 앓다가 마시던 술에 비친 얼굴을 본다 얼굴의 문이 자꾸 열린다 십일면관음(十一面觀音), 나는 가장 약한 관음이 되어 앉아 있다 네가 돌아오지 않으면 어쩌나, 돌아오면 어쩌나, 이런 말도 안 되는 걱정을 하다가 벽시계가 아프고 냉장고가 아프고 현관 센서등이 아프게 된다 네가 비틀거리며 모퉁이를 세번 돌 때까지 너를 앓다가

배꼽

tele

바닥에 끌리는 그림자가 하도 무거워서 마음은 결석하고 온통 몸으로 서 있다가 황인숙 선생님 전화 받았다 고양이에 대해 말하게 되는 줄 알았는데 배꼽 이야기였다 배꼽은 얼마나 위대한가 얼마나 한가운데인가 얼마나 단도직입인가 얼마나 깔깔깔인가 고양이에 대해 말하게 되는 줄 알았다 어느 여름날의 대화에서처럼 다시 암수 구별법, 덩치 큰 것은 수고양이, 조그만 것은 암고양이 "그러면 그대는 어느 쪽인가?"* 배꼽을 좀 잡았는데, 선생님, 저는 먼 곳이에요 고양이 눈 성운(星雲)이에요 사과의 배꼽이에요 배꼽 이야길 하다가 여름날의 우주가 잠시 방문을 열었다가 닫는다 배꼽, 배꼽이란 말 참 좋아요 우주보다, 그림자보다 크고 깊은 배꼽 (전화벨이 울린다 배꼽 같은 종이컵을 들어 가만히 귀에 대어본다)

* 제 다섯번째 시집 『해저의 교실에서 소년은 흰 달을 본다』(2020)에 실린 시 「내일의 사과」에는 "사과의 함입"이라는 말이 나옵니다 황인숙 선생님은 '함입'이라는 어려운 말보다 '배꼽'이 좋지 않은지 말씀을 해주셨습니다 그 말씀대로라고 생각합니다 그나저나 선생님은 우리가 연희문학창작촌에서 만나 나눈 고양이 대화를 다 잊고 계셨습니다

파산자들

아형, 한줄의 시도 쓰지 못한 지 벌써 일년입니다 마음의 파산자임을 좀처럼 받아들이지 못해 세계의 모든 진열창 앞을 서성이다가 이내 앉을 만한 곳을 찾아 헤맵니다 이제부터는 연극뿐이어서 발이 닿는 곳마다 무대가 됩니다 이 출구 없는 연극에는 일말의 진실도 없을까요? 텅 빈 무대에서 눈물의 실로 밤을 짜는 벌레(~~그건 나~~), 간밤에 김일주 선생님* 꿈을 꾸었습니다 카메라가 찡긋 윙크하면 무대가 열립니다 커튼이 열리자마자 견고한 가면이 떨어집니다 지시문에 있다는 듯이 그대로 주저앉아 태연하게 꽃잎을 봅니다 선생님의 카메라를 의식하면서 아스피린이 물에 녹듯이 빛 속으로, 무대의 벽 속으로 잦아듭니다 선생님의 카메라에는 필름이 없습니다 "이쪽을 보지 마"라고 하면서 연방 셔터를 누르십니다 필름 없는 카메라의 셔터를 누르면 다시 닫히는 방…… "무겁지 않으세요, 카메라?" 아형, 마음을 잃은 사람은 무엇으로 살아가야 할까요? 시를 쓸 수 없어도 친구들은 저를 시인으로 부릅니다 투명한 붓으로 밤의 캔버스에 별의 윙크를 그립니다 관객들은 제가 어설픈 팬터마임을 한다고 믿겠지요 (~~빈 벤치~~) 마지막 순간에 제가 어떤 사람으로 남을지 알 수 없습니다 보이지 않습니다 보이지 않게 끄적입니다

* 김일주(1942~2021): 소설가 겸 사진작가

혼자 가는 먼 집

고(故) 허수경 선생님께

우리가 저마다 홀로 길을 떠나야 해서 밤마다 서러운 소리를 해도, 홀로라는 것은 언제나 둘을 부르는 것이어서 아주 슬프지만은 않습니다 길 위에는 만남이 있고 그 만남 끝에는 먼지와 검불, 재가 내려와 덮이는 온전히 시간이라고도 공간이라고도 할 수 없는 차원이 있고, 그 만남 끝에는 당신이라는 말이 있고 그 말은 아리고 쓰라린 것이기는 하지만…… 그 말에는 언제나 집이 있습니다 어느 날 지나온 집을 떠올리며 나라는 것은 없고 나라는 것은 단지 과정이구나, 나는 머물 집이 없구나 하는 생각에 북받치는 것이 있고…… 당신이라는 말 참 좋지요?* 뒤돌아보면 사라지지 않고 언제나 멀어지고 있는 집

* 허수경 「혼자 가는 먼 집」, 『혼자 가는 먼 집』, 문학과지성사 1992

시간의 흐름 속에서

흘러가버렸다 국지성 호우가 쏟아졌다 가방도 마음도 젖었다 가지고 다니던 네 편지를 펼치자 오로라의 악보가 나왔다 네가 어른이 되어가는 모습을 언제까지라도 보고 싶었는데 이제 너는 없다 언젠가 학교 앞에서 만난 너는 큰 기타를 메고 있었다 네가 음악을 하는지 전혀 몰랐다 나는 강의실로 가고 있었다 너는 방금 쓴 노래를 들려주겠노라 했다 나는 그런 네 모습이 낯설어서 "나중에, 나중에"라고 했다

체리 향기

이란 영화에서였다 "친구를 돕는 방법에는 필시 다른 길이 있을 겁니다"* 죽으려는 남자에게 한 노인이 자기의 경험을 들려주는 유명한 장면에서 한 말이다 노인도 목을 매어 죽으려고 숲까지 갔지만 체리 향기가 풍겨와서 죽을 수 없었다고, 체리를 한알 두알 세알 자꾸 먹다보니 살고 싶어졌다고

외톨이 신(神)이 편지를 띄운다 우리는 받을 수 없고 답장을 쓸 수도 없는 편지이다 「체리 향기」에는 자기가 판 구덩이에 들어가 눕는 남자가 나온다 어떤 위로도 그를 살게 할 수 없다 체리 향기는 여전히 말풍선 안에 있다

* 아바스 키아로스타미 「체리 향기」(1997)

졸업

너는 그것을 몰라 너를 보지 않겠다고 한 건 보고 싶지 않아서가 아니야 너에게 주려던 편지를 흐르는 강물에 버린 것을 네가 알까 너는 모르지 그것은 흐르고 흘러 지하세계에 이르고 지하세계 구중궁궐의 아흔아홉겹 그늘 속으로 가게 돼 머리가 둘, 팔이 넷인 괴이(怪異)가 그곳을 지켜서 힘이 센 괴이가 그곳을 지켜서…… 끝까지 너는 네가 모른다는 것을 모르지 내가 너를 보고 싶어하지 않는다고? 나는 앞서고 너는 내 뒤를 따르고 나는 가르치고 너는 배우고 그런 평범한 날들이 있었지 너를 보지 않겠다고 한 건 보고 싶지 않아서가 아니야 너는 손끝에 매단 실을 놀리고 나는 인형처럼 꽃처럼 흔들린 날이 있었지 네가 떠나면 나는 무엇이 될까 너는 손가락으로 가리켰지 내가 그 이름을 알 수 없는 뉘앙스의 구름을

고도를 기다리다보면

p.s. I miss you

디디와 고고는 오늘 하루도 고단했다고 서로를 껴안는다 고도는 그곳에 나타날 수 없는데…… 서로를 껴안다니, 서로의 현전을 확인해주다니

카이

너에게 보낸 편지는 가서는 벌써 몇해째 감감무소식이다 마지막 문장의 종지부 너머 살풍경에서 너는 눈의 여왕의 차가운 키스에 발갛게 달아올라 나를 까맣게 까맣게 잊었나 보다 너는 내가 보낸 편지의 그 낱말들을 모조리 흩어놓고 사람의 말로는 도무지 조합할 수 없는 불가능한 낱말을 찾느라고 아마 바쁜 모양이다 저 빛도 가지 못하는 살풍경에서 낱말 퍼즐 놀이로 아마 되게는 바쁜 모양이다

우편 공간의 폴

핀란드 우체국에서 나는 산타클로스에게 온 편지를 읽고 정리한다 편지를 집에 슬쩍 가져오기도 한다 언제부터인가 훔친 편지를 정기 구독 한다 연도별로 묶은 편지를 운동화 상자에 넣어두었더니 몽유병의 편지가 날마다 떠돌고 나는 다시 편지를 정리한다 우체국과 집은 엽서의 앞면과 뒷면처럼 붙어 있어서 나의 하루는 단조로운 론도, 혼자 있을 때면 편지를 꺼내 읽고 고쳐 써볼 때가 있다 고쳐 쓴 것은 다른 시간에 적막한 눈이 되어 쌓인다 다른 시간을 필사해본다 메리 화이트 크리스마스! 하다가 반짝이가 뿌려진 앞면에서 깨어나 우체국장에게 혼난다 어디서 본 듯한 말들이 눈 밑의 그늘처럼 쌓이는 하루의 끝, 나는 나의 깊은 상자에 들어간다 나의 몸은 편지처럼 접히고 나는 편지가 되어 까만 겨울 바다로 추락한다 눈부신 장난처럼 나부끼다가 출렁이는 우편 공간의 살얼음으로 간다 지각한 크리스마스카드처럼, 나는

8월의 크리스마스

부치지 않았는데도 그 내용을 알 수 있는 편지가 있습니다 초원사진관의 유리창은 차갑게 선 채 두 사람의 이별을 얼비추지만…… 부치지 않았는데도 그 내용을 알 수 있는 편지가 있다는 것은 참 신기한 일입니다 초원사진관의 유리창에는 슬프도록 아름다운 시간이 고이고, 사진 속 정든 사람들이 날마다 눈빛을 주는 우리에게 낯익고 엄연한 세상이 색깔의 향연으로 번집니다

투명한 편지지에 입김이 어립니다 초록색과 빨간색으로 된 초원사진관의 간판 글씨는 크리스마스의 포인세티아가 아니냐던 눈이 큰 제자가 생각납니다 포인세티아가 크리스마스트리로 변하고 트리 위로 별이 쏟아지는 이미지의 연습을 합니다 동네 사진관의 통유리 속 하늘에다 빛의 눈사람을 뭉쳐 세워도 봅니다 스러지면서도 다시 일어나는 8월의 눈사람입니다

저 멀리

파 프롬*

"나 혼자 연습해서 이만큼 탈 수 있게 됐어 앞으로 일요일마다 자전거 타고 놀러 갈 거야 어디든 마음대로 갈 수 있어 다음 학기엔 자전거 타고 등교해야지 수업 빼먹고 서문정에서 영화도 봐야지…… 있잖아, 내가 얼마나 자전거 배우고 싶었는지 넌 알지?…… 자전거 타게 되면 어디든 갈 수 있을 줄 알았는데 어디로 가야 할지 모르겠어"**

누가 나를 먼 곳으로 데려가주나, 나는 또 누구를 멀리 데리고 가서 혼자가 되나

유령

내 심장 속에는 호우(豪雨) 호우 벌레가 살아서 나는 머지않아 죽으리라고, 당신에게 편지를 쓰고는 쓰레기통에 버린다 가끔 시가 병을 낫게 한다는 사람을 만나면 궁금해진다 나는 의사 앞에만 가면 어디가 아픈지 잘 말할 수 없다 꾀병이 아닌데 이 아픔을 어떻게 말해야 당신이 믿을까

로스트 인 스페이스

밤이 깊으면 나는 거의 모든 것을 알게 된다 그리고 나는 다시 알기 위해 잊는다 살갗에 망각의 극피(棘皮)가 돋은 어둠이 된다 바다 밑에 형광펜으로 밑줄을 긋는 달빛만이 꿈인 듯 옛날인 듯 내 뒤를 따른다 먼저 자요 먼저 자요 당신, 편지를 쓰면서 나는 차츰 알게 되리라 편지를 받게 되리라 여드름도 가라앉고 아름다운 주름도 생기리라

* 이 시의 소제목은 짐 자무시 감독의 옴니버스 영화 「미스터리 트레인」(1989)의 세 에피소드 제목 '파 프롬 요코하마' '고스트' '로스트 인 스페이스'를 차용함

** 옴니버스 영화 「광음적고사(光陰的故事)」(1982) 중 에드워드 양 감독의 「지망(指望)」 편

책갈피

kryptonite

당신과 함께였을 때 저는 스무살이었고 어느 날 깨어보니 서른살이 되어 있었어요 친구들이 편지를 읽어주러 왔어요 우리가 주고받은 편지를…… 시간이 저를 비눗방울 불듯 불어댔어요 손을 뻗어도 잡을 수 있는 것이 없었어요 손가락 사이를 빠져나가는 바람, 누구의 것인지 알 수 없는 한숨…… 우리는 항상 광주로 되돌아가지만 광주를 졸업할 수는 없어요 노란 우산을 쓴 인파 그리고 피 흘리는 소녀, 피 흘리는 양곤, 블루 사이공, 꽃잎 꽃잎 사랑의 시간, 우리가 완전히 잃어버린 것이 있는 곳

| 해설 |

편지는 무한대이외다*

장은영

그 기다란 편지를 곱게 접어서 행장 속에 깊이 감추었다.
밤은 고요히 새어갔다.
—김명순 「사랑(愛)?」

흔적

장이지의 시는 타인의 마음에 대해 묻곤 한다. 아무리 알고 싶어해도 알 수 없는 것이기에 묻는 것이다. 장이지는 시

* 김명순의 에세이 「사랑(愛)?」 중 "사랑은 무한대이외다"라는 문장에서 빌려왔다. 김명순은 편지 형식을 빌려 사랑을 규정하려는 시도가 사랑에 대한 오해를 낳는다고 말했다. 사랑의 불가능성에서 사랑의 가능성을 찾고자 했던 것이리라(김명순 『사랑은 무한대이외다』, 박소란 엮음, 핀드 2023, 20~28면 참조).

가 언어로 도달할 수 없는 '사물'을 지향하는 예술이라고도 말한 바 있는데,* 언어로 표현할 수 없다는 점에서는 타인의 마음도 언어 이전의 사물인 셈이다. 알 수 없는 마음에 관한 이야기를 들려주는 까닭은 불가능성에 다다르고자 하는 시(인)의 욕망으로밖에는 설명할 길이 없다. 장이지의 이야기에 어떤 삶의 교훈이나 가르침이 될 만한 의미와 방향이 있지는 않다. 장이지가 들려주는 것은 서사라 하기에는 불충분하고 파편적이다. 시작도 끝도 없고 어디로 흘러가도 좋을 이야기인 그것은 이야기라기보다는 이미지의 조각처럼 보인다. 이미 깨진 그 조각들은 제각각 빛을 반사하며 반짝거려서 감각적 아름다움마저 느끼게 한다. 무언가를 담을 목적으로 만들어진 유리병은 미적 대상이 아니지만 그 목적이 사라지고 용도를 규정할 수 없게 된 유리병은 미적 대상이 되는 것과 마찬가지이다. 그렇다고 해서 장이지의 시가 감각적인 세계를 노래하기 위한 것이라고 말하려는 것은 아니다. 그의 시적 이미지가 감각적 충동보다는 본래의 형체를 알 수 없는 작은 파편에 불과한 이야기를 출처로 삼는다는 점에 주목해보려는 것이다. 그가 들려주는 이야기의 기원에는 타인의 마음이라는 미지(未知)이자 실재이며 영원한 타자가 있기 때문이다. 타인의 마음이야말로 도저히 읽을 수 없는 사물 중의 사물이므로 그것을 '편지'라고 불러도

* 장이지 『극장전: 시뮬라크르의 즐거움』, 걷는사람 2022, 15면.

좋겠다. 이미 봉인되어서 읽을 수 없거나 혹은 불타버려서 재가 된 편지 말이다.

장이지의 시에 '편지' '엽서' '우표' 등 '우편'의 맥락을 지닌 시어가 등장하는 것이 이번 시집의 일만은 아니다. 세번째 시집 『라플란드 우체국』(실천문학사 2013)의 「우편」 연작은 소년 화자의 성장담을 들려주며 우편이라는 지연(遲延)의 형식 속에서 분할되는 시적 화자 '나'를 등장시킨 작품이다. 우편은 쓰기 주체로서의 '나'를 발신자와 수신자로 분리하는 장치였다. 그리고 이번 시집에서 그는 우편을 장치가 아니라 아예 시의 형식으로 삼는, 다시 말해 우편의 형식 자체가 목적인 시를 시도한다. 모든 시를 편지로 읽어도 무방한 이 시집에서 우편은 쓰기의 형식이 되었고, 그 형식 속으로 내용은 거의 사라져버렸다. "편지란 비어 있어서 우리가 거듭해 꿀 수 있는 꿈이에요 그 꿈은 언제나 편지란 무엇인가라는 물음을 포함합니다"(「편지란 무엇인가」)라는 진술이 말하듯이 '편지'는 의미를 전달하기 위한 매개가 아니라 의미의 가능성을 열어두기 위한 형식으로 불려 나온 것이다. 실제로 『편지의 시대』는 수십장의 연문(戀文)처럼 보이지만 어떤 사랑의 고백도 존재하지 않는다. "불타버린 편지"(「불타버린 편지」)가 남긴 재만이 편지의 흔적으로 남아 있을 뿐이다.

지금 여기 "도착하지 않은 편지"(「운메이(運迷)」)로써 '편지의 시대'를 말하는 것은 모순이지만 이 모순어법은 장이지의 시가 존재와 부재의 이항대립을 넘어선 곳에 있다는 것을 일러준다. 나뭇잎을 찢을 듯한 바람이 나뭇잎을 공중에서 선회하게 만드는 풍경을 본 시인은 "결괴는 결괴의 형식으로 결괴를 미룬다"(「결괴」)고 진술하기도 한다. 어떤 의지나 의도에는 그에 저항하는 반작용이 존재하고 그로 인해 결과는 지연된다는 말인데, 그렇다면 편지도 마찬가지 아닐까? 수신자에게 배송되어야 하는 편지는 배송의 반작용이라 할 수 있는 분실과 오배송의 가능성을 안고 있고 그로 인해 배송이 지연되므로 편지는 편지의 형식으로 편지를 지연시킨다고 진술해볼 수 있다. 편지의 지연 속에서 장이지는 편지의 현전이 아닌 편지의 흔적에 기대어 '편지란 무엇인가'라는 질문을 향해 다가간다. 그는 편지란 무엇인가를 물으며 편지의 주변을 맴돈다. 장이지에게 '편지의 시대'란 편지의 의미를 묻는 동시에 의미를 지연시키는 반복과 순환의 시간이고, 흐릿해진 글씨 위에 다른 글씨를 덧쓰면서 또다른 편지의 가능성을 만드는 시간이다. 편지는 도착하지 않았으나 "당신의 편지"가 "오고 있"다는 것만으로도 "하나하나 벙그는 말의 꽃봉오리들"(「기대」)을 감각하게 되는 가능성의 시간이다.

마음을 잃고

'편지의 시대'라는 복고풍의 제목은 서사가 소진된 뉴미디어 시대의 삶에 대한 알레고리로도 읽힌다. 읽기와 쓰기라는 커뮤니케이션 수행 활동을 순식간에 빨아들인 포털 사이트와 검색 엔진 그리고 SNS를 아우르는 디지털 미디어 플랫폼은 네트워크적 관계망에 기반한다. 하지만 네트워크 안에서 우리가 존재하는 방식은 이른바 '플랫폼 임차인'*이라는 계약 관계를 벗어나지 못한다. 실물적 차원만이 아니라 의식과 감정의 차원까지도 관리되는 네트워크에서는 인간의 존재도 데이터로 변환되고, 그것은 스마트폰 앱을 통해 실시간 공유되는데 결과적으로는 플랫폼 제공자에게 이윤을 가져다준다. 『라플란드 우체국』의 '플랫' 연작에서 드러났던 것처럼 장이지는 뉴미디어 시대에 처한 존재의 변화에 예민하게 반응해왔다.

'편지'라는 시어를 전면에 내건 이번 시집에서도 그는 읽고 쓰는 행위를 존재론과 연결하며 편지의 존재론을 집요하게 좇는다. '편지'는 디지털 환경의 소통 방식을 역행한다는 점에서 그 자체로 반시대적인 기표이다. 또한 주체를 발신자나 수신자로 호명하는 '편지'는 데이터화된 존재들을 '우편 공간'에 편입시킴으로써 플랫폼이라는 계약 관계 속에서 휘발되는 것을 저지하는 기능도 한다. 그러나 편지의 존재론은 확실한 실감으로 다가오는 현실의 삶과 삶의 주체인 자기 자신을 의심하는 성찰적 과정 없이는 경험할 수 없는

* 이광석 『피지털 커먼즈』, 갈무리 2021, 25면.

것이다.

> 아형, 한줄의 시도 쓰지 못한 지 벌써 일년입니다 마음의 파산자임을 좀처럼 받아들이지 못해 세계의 모든 진열창 앞을 서성이다가 이내 앉을 만한 곳을 찾아 헤맵니다 이제부터는 연극뿐이어서 발이 닿는 곳마다 무대가 됩니다 이 출구 없는 연극에는 일말의 진실도 없을까요? 텅 빈 무대에서 눈물의 실로 밤을 짜는 벌레(~~그건 나~~) (…) 아형, 마음을 잃은 사람은 무엇으로 살아가야 할까요? 시를 쓸 수 없어도 친구들은 저를 시인으로 부릅니다 투명한 붓으로 밤의 캔버스에 별의 윙크를 그립니다 관객들은 제가 어설픈 팬터마임을 한다고 믿겠지요 (~~빈 벤치~~) 마지막 순간에 제가 어떤 사람으로 남을지 알 수 없습니다 보이지 않습니다 보이지 않게 끄적입니다
>
> —「파산자들」 부분

이 시의 화자는 자아를 상실한 자신을 "마음의 파산자"라 일컫는다. 그는 자아로 간주되는 '나'의 불확실성과 내면의 균열을 경험하는 중이다. 내면의 균열은 곧 '나'의 분할이고, 이 사태는 '나'를 연기하는 '나'라는 생각에서 벗어날 수 없게 만든다. '나'라고 말하는 순간 '나'는 무대 위에서 '나'를 실연(實演)하는 존재로 경험되는 것이다. 아무리 훌륭하게 '나'를 연기해도 연기하는 '나'와 연기의 대상인 '나'는

통합될 수 없다는 것만이 분명해지고 '나'는 존재하는 것도 존재하지 않는 것도 아닌 취소된 존재 "~~그건 나~~"로 남게 된다. 화자는 이 상황을 "어설픈 팬터마임"에 비유하는데, 대사가 없는 몸짓인 팬터마임은 기의 없는 기표요, 내면 없는 주체를 환기한다. 장이지가 다른 시에서 언급한 "비어 있는 신체" 혹은 '개념 없는 낱말'(「죽지 않는 구멍」)은 "팬터마임"을 보충하는 표현이다. 이러한 표현들은 "마음의 파산"에 이른 화자의 처지가 편지의 존재론적 조건과 연관되어 있음을 짐작하게 한다.

"마음의 파산자임을 좀처럼 받아들이지 못"했던 화자는 이제 막 그것을 인정하게 되었고 무력감과 상실감마저 느낀다. 그러나 그가 상실한 것은 무엇인가? 그가 상실했다고 믿는 '나'는 애초에 존재했던 것인가? 화자의 입장에서 빠져나와 화자가 서 있는 무대를 바라보자. 상실감을 토로하는 화자는 지금 그가 '아형'이라고 부르는 이의 카메라 앞에 선 피사체이다. 렌즈에 포착된 그는 셔터가 눌릴 때마다 매 순간 다른 존재로 보인다. 미세하게 발생하는 시간과 공간 그리고 빛과 구도의 차이가 그를 다른 모습으로 분화하는 것이다. 각 필름에 포착된 피사체를 동일한 '그'라고 인식하는 건 '그'를 바라보는 주체의 시선이다. 따라서 화자가 느끼는 상실의 감정은 피사체가 됨으로써 시선의 주도권을 넘겨주는 데에서 오는 박탈감과 무력감이다. '나'를 규정할 수 있는 주도권을 빼앗긴/내준 '나'는 자기를 바라보는 렌즈의 검은 구멍과도 같은 타자에게 노출된 주체이다. 그는 자기 회귀적인 독백을 멈추고 언어 대신 몸짓을 보여주면서 카메라 너머에 있는 '아형'에게, 또는 어둠 속에 앉아 있는 관객에게 말을 건넨다. "마음을 잃은 사람은 무엇으로 살아가야 할까요?"

"마음의 파산자"인 화자는 친구들이 자신을 '시인'이라 부른다고 말한다. 그러나 "시를 쓸 수 없"으므로 자신이 "어떤 사람으로 남을지 알 수 없"다는 화자는 "보이지 않게 끄적"이며 결과물이 없는 쓰기를 수행한다. 그런데 그가 쓴 것이 보이지 않는 이유가 "쓸 수 없는 것"(「사전」)을 쓰기 때문이라면 그것은 시인가, 시가 아닌가? 시가 시인을 규정할지, 시인이 시를 규정할지 "알 수 없"다면 "보이지 않"는 쓰기의 목적은 쓰는 행위 자체에 있다는 결론에 이르게 된다. 중요한 건 그가 자신을 스스로 증명할 수 있는 "마음을 잃"었으나 자신이 누구인가를 물으며 "보이지 않게 끄적"이고 있다는 사실이다. 그러한 쓰기를 '편지'라고 부르기로 하자.

편지를 쓰거나 기다리는 주체는 "마음의 파산"을 경험한 주체이다. 시간의 흐름 속에서 끊임없이 지연되고 분할된 '나'를 기꺼이 받아들이며 존재론적 변화를 시도하는 자들이다. 「롱 러브레터」는 시간의 흐름 속에서 발생하는 '나'의 분화를 수많은 존재의 가능성으로 전환하는 시도를 보여준다.

내 안에는 말이 있기도 전의 영구동토층 아래의 어둠에서 온 편지가 있고 또 그 이전의 일월성신에서 온 편지가 있다 (…) 두개의 엇갈리는 길이 꿈의 매듭을 지은 편지가 내 핏속을 돈다, 하여 나는 얼마간 남자이고 얼마간 여자이다 얼마간 바람이고 흙이다 결코 한겹일 수 없는 미지(未知)이다 잠 못 드는 밤 나는 내 안의 먼 피를 떠도는 긴 사랑의 편지를 홀로 읽는다 이토록 붐비는 사랑이라니 이토록 사무치는 연연이라니……

—「롱 러브레터」 부분

화자는 자신이 존재하기 전부터 자신에게 오고 있는 편지가 있다는 비현실적인 이야기를 꺼낸다. 세계가 탄생하기 전 "영구동토층 아래의 어둠"으로부터, 하늘과 땅의 신령인 "일월성신"으로부터 발송된 편지가 '나'의 먼 조상을 거쳐 '나'에게로 오고 있다는 이 이야기는 편지의 기원에 관한 것으로, 하늘과 땅과 인간을 비롯한 삼라만상이 모두 이어져 있다는 고대의 믿음을 드리우고 있다. 초월적 상상력에서 비켜서보면 '편지'는 '나'와 다른 연대기에 속한 (비)존재들을 연결하면서 거대한 가계도를 만드는 매개이고, '나'는 이 가계도 안에서 비로소 규정되는 존재임을 알 수 있다. '나'의 존재함이 편지의 기원이 아니라 역으로 편지가 '나'를 수신자로 호명했기 때문에 나의 존재가 증명된 셈이다. 그렇기 때문에 편지는 '나'를 존재하게 한 최초의 부름이요, '나'

를 증명하는 보증 문서와도 같다.

그런데 내가 아무리 '나'의 기원을 되짚어본다 해도 거대한 삼라만상의 가계도에서 단수의 핏줄로 이어진 '나'의 기원을 찾는 일은 불가능하다. 그리하여 '나'는 "얼마간 남자이고 얼마간 여자"인 혼종이며, 지워진 흔적 위에 쓰기를 반복한 양피지처럼 "결코 한겹일 수 없는 미지(未知)"로 남을 수밖에 없는 것이다. 미지의 존재인 '나'는 다른 존재들과의 차이 속에서 설명될 수 있다. 아버지와 어머니를 닮았고, 아버지의 아버지와 어머니, 어머니의 아버지와 어머니도 닮았지만 그들과 완전히 같아질 수는 없는 차이가 바로 '나'이다. 편지의 존재론에서 설명할 수 있는 '나'는 스스로 정의되지 못하고 다른 존재들에 의하여 보충되는 불완전한 존재이다. '나'는 오직 부름을 통해서만 존재의 가능성이 시작되는 의존적이고 관계적인 존재이다. 장이지는 이러한 존재들이 부름과 응답을 통해 성립되는 교환 체계를 사랑으로 환유한다.

왜 편지를 매개로 한 존재의 교환 체계는 사랑으로 환유되는가? 바꾸어 질문하면, 이번 시집에서 모든 편지는 왜 사랑의 편지 혹은 연애편지인가? 이 시집을 내 곁에 없는 연인을 향한 사랑의 고백으로 읽어도 무방하지만 사실 이 편지들은 사랑이라는 감정에 대해서 이야기하지 않는다. 연인에 대한 예찬도, 사랑이 주는 달콤한 기억도 없는 이 편지들은 화자인 '나'가 편지를 쓰고 있다는 사실과 이 편지가 '너'에게 전달되지 못할 수도 있다는 이야기를 반복할 뿐이다. 『편지의 시대』는 편지로 상징되는 교환의 체계, 혹은 우편 공간에 대해서 이야기할 뿐 편지의 내용에 대해서는 이야기하지 않는다. '불타버린 편지' '외워버린 편지' '봉투만 있는 편지'와 같은 제목이 시사하듯 장이지는 편지의 목적이 읽는 데 있지 않다는 점을 거듭 말한다. '나'에게서 '너'에게로 발송되는 편지는 '나'와 '너'를 교환 체계 안에 속하게 하고, 이 체계 안에서 우리는 최소 단위의 커뮤니케이션을 수행하는 존재가 된다. 현실이 후경(後景)으로 물러난 이 커뮤니케이션은 '나'와 '너'의 존재만이 극대화된 사랑의 관계에 인접해 있다. 편지에 기입된 '너'를 부르는 충동은 목적 없이 연인의 이름을 부르는 사랑의 속성과 다르지 않다. 장이지에게 '편지'와 '사랑'은 서로가 서로를 환기하는 쌍생어이다. 마음을 잃은 자가 쓸(할) 수 있는 것은 편지(사랑)이다.

사랑의 주체

이 시집의 거의 전편에 등장하는 편지, 엽서, 전화는 사랑의 불가능성을 노출하는 매개이다. 첫번째 시 「먼 곳」을 보자.

> 당신에게 엽서를 띄우기 위해 나는 멀리 떠나네 (…) 그러나 상처를 내지 않고는 사랑을 쓸 수 없네 부서져 새로

태어나지 않고는 말이야 슬프지 않은 엽서를 찾아 나는 멀리 떠나네 이 세상에 없는 엽서를 찾아서 떠나네 다시 사랑의 취기가, 도취의 파도가 소인으로 찍히는 것을 상상하면서

—「먼 곳」 부분

'당신'에게 엽서를 발송해야 하는데 '나'는 아직 엽서를 사지 못했고 내 사랑을 쓰지 못했다. 그런데 '나'는 벌써 "사랑의 취기"를 느낀다. 아름다운 엽서에 사랑을 쓴다는 상상만으로도 '나'는 사랑에 도취된다. '나'는 '당신'의 현전도, 엽서의 현전도 사랑을 실현하는 조건으로 삼지 않는다. 오히려 다음과 같은 역설적 조건이 사랑을 가능하게 한다. 첫째, '당신'은 현전하는 대상이 아니어야 한다. 시간적으로나 공간적으로 '당신'과 '나'는 다른 좌표에 속해 있어야만 '당신'에게 "엽서를 띄"울 수 있기 때문이다. '당신'으로부터 멀리 떠나는 이유는 결국 '당신'에게 사랑을 고백하는 엽서를 보내기 위해서이다. 둘째, '당신'에게 보내는 엽서는 존재하지 않는 엽서여야 한다. 상처 나지 않은, 슬프지 않은 아름다운 엽서를 보내고 싶기 때문이다. 하지만 엽서를 쓸 때마다 펜촉이 엽서에 상처를 내므로 '나'는 '당신'에게 보낼 엽서를 찾아 또다시 떠나야 하고, 엽서를 보내는 일은 자꾸만 지연된다. 그러나 엽서를 보내는 일이 지연되기 때문에 '나'는 "사랑의 취기"에 빠질 수 있다. 도래하는 사랑이 사랑

의 충동을 더 강렬하게 만든다. 사랑에 도취된 '나'는 '당신'과 편지를 주고받을 수 있는 우편 공간을 벗어날 수 없다.

이 시는 편지의 지연이 도리어 사랑을 가능하게 하는 조건이라고 역설한다. "오지 않은 것은 계속 오고 있는 것"이므로 "도착하지 않은 편지는 아직 오고 있는 편지"(「운메이」)라는 진술처럼 편지란 지연됨으로써 편지가 오고 있다는 것을 증명하기 때문이다. 우편 공간에서의 교환은 의미의 지연과 그로 인해 야기되는 오해의 가능성 속에서 수행되고, 우편 공간의 취약성은 편지의 목적이 의미의 교환이 아님을 말해준다. 의미가 전달되지 않는다고 해서 편지의 교환이 중단되는 것은 아니며 오히려 의미의 교환 불가능성이 편지 쓰기를 중단할 수 없게 만든다. 편지의 목적은 교환에 있고, 교환은 '당신'이 거기 있다는 것을 충분조건으로 삼을 뿐이다.

하루에 한번 오후 다섯시에 나는 아버지에게 전화를 건다 별일 없는지 날마다 묻는다 ……괜찮다 하늘보다 먼 곳에서 들리는 소리 괜찮다 ( ) 때로 아버지는 아픈 곳을 말하고 자질구레한 일상사를 말하고 나는 아버지 목소리가 저 우주의 웜홀을 건너오는 소리를 들으면서 저녁이 물드는 것을 본다…… (…) 어머니는 내 전화 목소리가 아버지 목소리와 아주 흡사하다고 말한다 그건 우표예요 엄마 우, 표,라고요 아니에요 강아지 전화 바꾸지 마세요 (허공을 응시하면서) 그런데 거기 몇시죠? 전화벨이 울려서 쓰던 편지를 구겨버린다 영원한 우표…… 듣고 있니?
지금 나 누구랑 말하니? 아버지에게 전화를 건다 더 지치
기 전에 ……아니에요 미안해요 그것은 제게 어려운 주제
예요…… 네, 네

—「전화」 부분

전화는 편지의 또다른 형식이다. 누군가 전화를 받으면 마치 그 목소리가 내 앞에 현전한다는 착각을 경험하기도 하지만 전화는 말 그대로 먼(tele) 목소리(phone)를 실어 나르는 교환 체계인 우편 공간이다. 이 시는 매일 "오후 다섯 시"에 전화를 걸어 부모와 이야기를 나누는 화자의 평범한 일상을 텍스트로 옮겨놓음으로써 시가 소통 불가능성의 가능성이라는 모순어법을 넘어서는 발화임을 보여준다. 부모의 목소리는 "저 우주의 웜홀을 건너오는" 타인의 목소리일 뿐이고 그것이 '나'에게 제대로 도착할 리 없다. 소통은 원활하지 않다. 하지만 소통이 힘든 이유가 "아픈 곳을 말하"는 아버지나 강아지와 통화를 하게 하려는 어머니, 통화 중에 "편지를 구"기며 딴짓을 하는 화자 때문이라고 말하기는 어렵다. 생각해보면 이 통화는 실패하지 않았다. 전화를 건 이유는 아버지와 어머니가 존재하기 때문이고, 화자는 그것을 확인하고자 했던 것이므로 사실 이 목적은 충분히 실현되었다.

그런데 코미디 같은 이 가족의 통화 내용이 어쩐지 아름

답게 들리는 이유는 뭘까? 타인과의 소통은 오해와 착각의 연속이고, 이는 '나'를 지치게 하지만 그렇다고 그런 소통 불가능성이 전화 거는 일을 중단하게 하는 이유는 아니기 때문이다. "네, 네"라는 대답처럼 통화를 지속시키는 힘은 부름에 대한 응답에 있다. "네, 네"는 내일 오후 다섯시에도 전화기를 들고 우주를 건너오는 타인의 목소리에 응답하겠다는 약속이다.

장이지가 '우편 공간'이라 일컫는 이 교환 체계는 차이와 지연 속에서 구성되는 소통의 형식이다. 여기에 참여함으로써 우리는 비로소 타인의 부름에 응답하는 쓰기의 주체이자 사랑의 주체가 된다. 그런데 장이지에게 쓰기/사랑의 주체 되기는 선택의 문제가 아니라 삶의 조건이다. "사랑을 쓸 수 없다면 저는 살아도 산 것이 아니에요"(「불타버린 편지」)라고 말하는 그는 편지가 교환되는 우편 공간을 벗어난 삶은 죽음과도 같다고 예고한다. 따라서 편지를 씀으로써 우편 공간에 참여하는 것은 그 자체로 삶의 목적이 된다. 그러나 때로는 외부적인 힘에 의해 우편 공간이 파괴되고 교환 체계는 해체되며 응답하는 존재가 되고자 하는 삶의 목적은 모욕당하기도 한다. 사람들을 무차별적 폭력과 죽음으로 몰아간 역사적 사건들이 그런 경우이다.

> 당신과 함께였을 때 저는 스무살이었고 어느 날 깨어보
> 니 서른살이 되어 있었어요 친구들이 편지를 읽어주러 왔

어요 우리가 주고받은 편지를…… 시간이 저를 비눗방울 불듯 불어댔어요 손을 뻗어도 잡을 수 있는 것이 없었어요 손가락 사이를 빠져나가는 바람, 누구의 것인지 알 수 없는 한숨…… 우리는 항상 광주로 되돌아가지만 광주를 졸업할 수는 없어요 노란 우산을 쓴 인파 그리고 피흘리는 소녀, 피 흘리는 양곤, 블루 사이공, 꽃잎 꽃잎 사랑의 시간, 우리가 완전히 잃어버린 것이 있는 곳

—「책갈피」 전문

광주, 홍콩, 미얀마, 베트남을 환기하는 이 시에서 화자는 역사적 사건이 일어난 과거의 시간으로 귀환하는 꿈을 꾸곤 한다. "광주를 졸업할 수는 없"다는 말처럼 화자에게 광주의 과거는 벗어날 수 없는 진행형의 시간이며, 그때 거기에서 "우리가 완전히 잃어버린 것"이 있기 때문이다. '우리'는 무엇을 상실한 것일까? 이 시에서 '나'는 스무살에 그곳에서 '당신'과 함께였으나 서른살인 지금은 '당신'이 곁에 없다. '당신'을 잃었다는 건 '나'의 존재를 증명하는 세계의 무너짐이자 '나'를 부르는 우편 공간의 훼손이다. 상실감에 빠진 '나'에게 친구들이 읽어주는 편지는 언어적 의미로 환원되지 않는 '당신'의 흔적을 감각하게 하고, '나'와 친구들은 '당신'의 흔적이 사라지지 않도록 보이지 않는 그것을 지키기로 한다. '당신'의 흔적을 지우는 힘에 대항하여 '우리'는 '당신'을 잃어버린 시간의 페이지에 '책갈피'를 꽂아두

고 수시로 귀환하는 중이다. 전작에 수록된 「모든 빛」(『해저의 교실에서 소년은 흰 달을 본다』, 아시아 2020)에서도 그랬듯이 장이지는 언어로 포착할 수 없는 실재로서의 역사적 사건을 세계의 상실이라는 경험으로 이야기하는 한편 그 시간을 현재화하지 않고자 흔적으로 귀환하는 경로를 모색한다. 언어적 의미에 저항하는 실재가 휘발되지 않도록 그는 시적 이미지로써 고통의 흔적을 붙들고 있는 것이다.

쓸 수 없는 것을 쓰고자 하며 보이지 않는 쓰기를 수행 중인 장이지를 설명하기는 어려운 일이다. 그는 대체로 절제된 인상을 풍기지만 그렇지 않은 자신을 욕망하는 시인이다. 말해본 적 없는 비밀을 간직한 소년의 모습도, 사랑을 쓸 수 없다면 죽은 것이라며 열정을 쏟아내는 연인의 모습도, 정적이고 몽롱한 서정의 세계를 보여주는 고아한 선비의 모습도 장이지가 맞고, 현실을 압도하는 시뮬라크르를 향유하며 현실과 꿈의 이미지를 분석하는 문화비평가의 모습도 장이지이다. 그는 언제나 내가 짐작한 그가 아니다. 이번 시집에서도 그는 현실과 4차원의 세계를 오가는 소년이고, 언어적 소통의 불가능성을 증명하듯 "모국어를 잊어가는 작은 인형"(「러시아 인형」)이며, "너를 나는 나의 누구로 잘못 보는가"(「사랑을 말하는 것」)라고 물으며 동일성의 주체를 해체하고 차이와 지연을 사유하는 산책자였다. 그러나 무엇보다 『편지의 시대』에서 새롭게 등장한 것은 쓰기의 주체, 사랑의 주체로서의 장이지이다. 그는 타자의 부름에 응답하며 자신을 맡기는 편지 쓰기가 "쓸수록" "죽음에 다가가"는 "수많은 통점으로 뒤덮인 글쓰기"(「사랑의 폐광」)임을 알면서도 편지를 쓰면서 죽음을 향해 가는 사람이다. 그는 자신이 존재한다는 것을 스스로 증명하기를 거부하듯 '나'라는 주어에 취소선을 그으며 '당신'의 부름을 기다리는 자가 되기로 한다.

장이지에게 편지의 부재는 편지의 가능성이다. 시를 쓰는 자기 자신과 시라는 형식마저도 지우고, 시의 불가능성 속에서 오직 '당신'에게 응답하기 위해 편지를 쓰는 사람. '당신'의 부름에 응답하는 순간 그는 새로운 얼굴로 돌아온다. 쓸 수 없는 것을 계속 쓸 수밖에 없다고 말하는 그가 낯설게 빛나는 이유다.

張恩暎 | 문학평론가

| 시인의 말 |

찬비가 온다
너에게 보낸 편지가 다 젖을까
온종일 그 생각만 하다가 문득
밤의 깊은 곳에서 내가 걱정한 것은 그게 아니고
네가 울고 있지 않을까 하는 그것이었음을 깨닫는다
이것으로 내 마음의 여섯번째 무늬를 삼는다
편지가 온다 겨울 냄새 묻어온다

2023년 겨울
장이지

창비시선 495

편지의 시대

초판 1쇄 발행/2023년 12월 22일

지은이/장이지
펴낸이/염종선
책임편집/최수민 박지호 이주원 박문수
조판/박지현
펴낸곳/(주)창비
등록/1986년 8월 5일 제85호
주소/10881 경기도 파주시 회동길 184
전화/031-955-3333
팩시밀리/영업 031-955-3399 편집 031-955-3400
홈페이지/www.changbi.com
전자우편/lit@changbi.com

ⓒ 장이지 2023
ISBN 978-89-364-2495-4 03810

* 이 책 내용의 전부 또는 일부를 재사용하려면
반드시 저작권자와 창비 양측의 동의를 받아야 합니다.
* 책값은 뒤표지에 표시되어 있습니다.